Los bebés
familia geométrica

por Kristin Haas

ilustrado por Shennen Bersani

Había una vez, un rectángulo y un rombo que se enamoraron.

Se casaron y pronto ya estaban esperando a su primer bebé.

Papá y mamá se preguntaban a quién de los dos se parecería el bebé.

¿Tendrá el bebé cuatro lados iguales como los de Mamá Rombo?

¿Tendrá el bebé cuatro ángulos rectos como los de Papá Rectángulo?

Ambos esperaron y esperaron.
Finalmente, el día llegó y no
fueron uno, ni dos, pero tres
hermosos niños.

La primera tenía todos los lados iguales como Mamá Rombo y la nombraron Rombo Junior.

El segundo tenía cuatro ángulos rectos como los de Papá Rectángulo y fue nombrado Rectángulo Junior.

La tercera fue un poco como de sorpresa; ella se parecía un poco a cada uno de sus padres. Tenía cuatro ángulos rectos y cuatro lados iguales.

¿Cómo podrían nombrar a esta bella niña?
Sus padres decidieron pedir ayuda a sus parientes.

El primo Triángulo comentó: "Ella tiene todos los lados rectos conectados entre sí de extremo a extremo. Podríamos nombrarla Polígono".

El primo Trapezoide sugirió: "Ella tiene dos pares de lados paralelos. ¿Por qué no nombrarla Paralelogramo?".

La tía Hexágono propuso: "Ella tiene cuatro ángulos. ¿Podríamos nombrarla Cuadrángulo?".

El tío Pentágono recomendó: "Ella tiene cuatro lados. ¿Por qué no nombrarla Cuadrilátero?".

El abuelo Rectángulo razonó: "Ella es una combinación de un rectángulo y un rombo. Podríamos nombrarla Rectombo".

"Tonterías", dijo abuela Rombo en tono burlón. "¿Quién ha escuchado alguna vez de un Rectombo Cualquiera puede ver que ella es un rombo y un rectángulo combinado; también podemos inventar el nombre de Rombtángulo".

Sus padres no sabían qué hacer.
Parecía que no podían llegar a un acuerdo
hasta que se apareció la tía abuela Octágono.

Cuando la octogenaria vio a la pequeña niña, supo de inmediato.

"Vaya que ella es el vivo retrato de su Tatara-tatara-abuelo Cuadrado. Si ella tiene cuatro ángulos rectos y cuatro lados iguales, ¡ella es un cuadrado!".

Así fue acordado. La hija
menor de Rombo y Rectángulo
sería nombrada Cuadrado.

Cuadrado

Para las mentes creativas

Partes de las figuras

Todas las figuras en este libro son polígonos. Los polígonos son figuras de dos dimensiones. Tienen ancho y largo (longitud y anchura), pero no altura. Los polígonos están trazados de líneas rectas y ángulos. Los polígonos son figuras cerradas—cada línea termina donde otra inicia sin espacios entre sí.

Cuando todos los ángulos son iguales y todos los lados son del mismo largo, ésta es llamada figura regular.

Si los ángulos son diferentes y los lados disparejos en longitud, la figura es irregular.

Existen 3 clases de ángulos básicos. Si el ángulo mide exactamente 90º, es un ángulo recto. Si el ángulo es menor de 90º, es un ángulo agudo. Si el ángulo es mayor de 90º, es un ángulo obtuso.

Los ángulos se miden con una herramienta llamada transportador.

ángulo agudo   ángulo obtuso

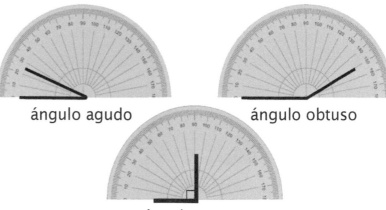

ángulo recto

Cuando dos líneas se unen en un ángulo recto, estas líneas se llaman perpendiculares.

Algunas veces, las líneas en una figura son paralelas. Las líneas paralelas se encuentran siempre a la misma distancia de separación. Éstas nunca se tocan y nunca se separan en distancia una de la otra.

Cuadriláteros

Un polígono con cuatro líneas es llamado un cuadrilátero.

Un polígono con cuatro ángulos es llamado un cuadrángulo.

Un cuadrilátero o un cuadrángulo con exactamente un par de lados paralelos es llamado trapezoide (o trapecio). Un trapezoide es un tipo de polígono, un cuadrilátero y un cuadrángulo.

Un cuadrilátero que tiene dos pares de lados paralelos es un paralelogramo. Un paralelogramo es un tipo de polígono, un cuadrilátero y un cuadrángulo.

Un paralelogramo con todos los lados iguales es un rombo. Un rombo es un tipo de polígono, un cuadrilátero, un cuadrángulo y un paralelogramo.

Un paralelogramo con todos los ángulos rectos se llama rectángulo. Un rectángulo es un tipo de polígono, un cuadrilátero, un cuadrángulo y un paralelogramo.

Un cuadrilátero con todos los lados iguales y todos los ángulos rectos es un cuadrado. Un cuadrado es un cierto tipo de polígono, un cuadrilátero, un cuadrángulo, un paralelogramo, un rombo y un rectángulo.

¡Nombra la figura!

Une la descripción con la figura correspondiente.

pentágono

1. Esta figura está trazada con seis líneas que se unen para formar seis ángulos.
2. Cuatro ángulos rectos y cuatro líneas rectas forman a esta figura. Los cuatro lados pueden ser todos iguales en longitud (del mismo largo) o puede tener dos pares de líneas que tengan diferentes longitudes.
3. Esta figura tiene 5 lados.
4. Esta figura tiene cuatro lados. Tiene un par de lados paralelos, pero sus otros dos lados no son paralelos.

trapezoide

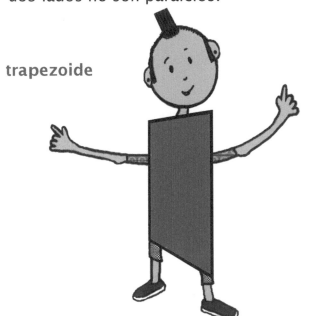

rectángulo

5. Esta figura de cuatro lados es un paralelogramo, trazada con dos pares de líneas paralelas. Todos los lados son de igual longitud (del mismo largo). Los ángulos pueden ser todos rectos, pero no siempre puede ser así.

6. Ocho lados se unen para trazar esta figura.

7. Esta figura es un tipo de rectángulo. Tiene cuatro lados iguales y cuatro ángulos rectos. También, es un tipo de rombo. Cada uno de sus lados es paralelo a otro lado.

8. Esta figura esta trazada con tres ángulos y tres líneas.

triángulo

octágono

rombo

cuadrado

Con agradecimiento a Rachel Hilchey, maestra de matemáticas en una escuela primaria en coordinación con Hallsville ISD (TX), por la verificación de la información en este libro.

Library of Congress Cataloging-in-Publication Data

Haas, Kristin, 1964- author.
  Los bebés de la familia geomitrica / por Kristin Haas ; ilustrado por Shennen Bersani ; translated into Spanish by Rosalyna Toth.
      pages cm
  Audience: 4-8.
  Audience: Grade K to 3.
  ISBN 978-1-62855-229-4 (spanish pbk.) -- ISBN 978-1-62855-247-8 (spanish ebook downloadable) -- ISBN 978-1-62855-265-2 (spanish ebook dual langauge enhanced) 1. Shapes--Juvenile literature. 2. Names, Personal--Juvenile literature. I. Bersani, Shennen, illustrator. II. Toth, Rosalyna, translator. III. Title.
  QA445.5
  516'.15--dc23
                                    2013036882

También disponible en inglés como *The Shape Family Babies*

9781628552119   portada dura en Inglés ISBN
9781628552201   portada suave en Inglés ISBN
9781628552386   libro digital descargable en Inglés ISBN
9781628552560   Interactivo libro digital para leer en voz alta con función de selección
de texto en Inglés y Español y audio (utilizando web y iPad/ tableta) ISBN - Inglés

Traducido al español por Rosalyna Toth en colaboración con Federico Kaiser.

Elaborado en los EE.UU.
Este producto se ajusta al CPSIA 2008

Arbordale Publishing
anteriormente Sylvan Dell Publishing
Mt. Pleasant, SC 29464
www.ArbordalePublishing.com

CPSIA information can be obtained at www.ICGtesting.com
Printed in the USA
LVOW02s1048041014

407275LV00001B/6/P